Editores
Alencar Perdigão
Cláudia Masini
Luciana Tanure
Thásia de Medeiros

Fotografias
Branca Maria de Paula

Revisão
Dagmar Braga
Branca Maria de Paula

Projeto gráfico e diagramação
Rubem Filho

Catalogação na Publicação (CIP)

Paula, Branca Maria de
P324 Nanocontos / Branca Maria de Paula ; ilustrações da autora. 1ª ed. - Belo Horizonte : Quixote+Do, 2019.
116 p. : il. p&b.
ISBN 978-85-66256-59-8
1. Contos brasileiros. I. Título.
CDD: B869.3

Bibliotecária responsável: Fernanda Gomes de Souza CRB-6/2472

Quixote+Do Editoras Associadas
www.quixote-do.com.br
+55 31 3227-3077

BRANCA MARIA DE PAULA

NANOCONTOS

EDITORAS ASSOCIADAS

Para você, coautor dos meus nanosonhos.

O tempora, o mores!

(Cícero)

Olhou para o fundo do poço e viu
um dragão, a goela aberta
esperando que a presa caísse.
Então ergueu os olhos para o
arbusto e viu dois ratos, um
branco e um preto, que roíam
os dois ramos sem cessar.

(Ibn Al-Muqaffa)

PRELÚDICO

VERSUS LEITOR

Não, não tenha medo de se servir do livro ou
a ele se opor. Domado, não rouba o que não deve.
Apenas rói a corda que nos mantém livres, sobre o poço.

MODO I

FINAL

Escolha a lápide, depois me encontre do outro lado.

RELATO

Levanta desformatado, salta de uma extensão a outra
ao longo do dia e termina arquivo corrompido.

TOQUE

A salvação seria vencer a dúvida e resgatar o celular, atirado no meio da louça suja.

INTERFICÇÃO

Em meia hora ele fala com meio mundo.
O resto da noite rola na cama, abraçado à Barbie.

ANOS A FIO

O bloco do eu sozinho teima em passar,
vestido de arlequim.

SIDERAL

Ela promete orgasmo - barbarela, se ele se teletransportar.
O mundo que exorbite.

AMADORA

Seu maior erro foi abastecê-lo de amor.
Achando-se o máximo, ele deu para cantar... outras.

PEQUENO, MAS PRÍNCIPE

Ele se fez cativo e não houve outro recurso senão arrastá-lo pelas ruas (qual peso morto) e pensar-lhe as feridas quando se machucava. Mas era sempre ela quem sangrava.

CEDO

A vida tratou de colocá-la no lugar do outro.

MULHER ENCARNADA

Que remédio senão a regência da carne?
O mundo, no entanto, espera que ela
supere mais esse problema.

MODO II

PORTO ALEGRE

Desembarca nu em quarto cheio de sereia
e joga a âncora pela janela.
Seu corpo, lanhado pelas escamas,
inda estremece com a memória das lambadas.

SEXO AO VIVO

Vício do passado, pleno de consequências.

PARALELAS

Amor intenso em horário comercial,
para não misturar as contas.

PORTABILIDADE 1

Ela dança nua, ele arma o gatilho e
vai pra casa deitar-se com a dita senhora.

PORTABILIDADE 2

Ela apura o *fellatio,* ele empina a pipa
e vai para casa deitar-se com a dita senhora.

PAIXÃO

A vida se precipita em mais de sete quedas.

ARIDEZ

Surdo aos apelos do amor, ele se põe
ao largo, enquanto ela, assistida pelas três Moiras,
cumpre a ordem de se calar.

AMANTES

A sombra parte apressada, atrás dele.

COLECIONISMO 1

Ele contempla meu seio, sem me tocar.

COLECIONISMO 2

Fico entre os quadros, pendurada na parede da casa.

MEIA PERNA

Ele me ama só até os joelhos,
porque o resto é coberto de pelos.

FERIDA

Tecido já recomposto, ela ainda sente sangrar, por dentro.

FOTOGRAMA

A tarde, nos últimos estertores. Ela, disfarçando o pôr do sol.
Ele a sorver um restinho de mel que escorre, ainda.

SEPARAÇÃO

Logo depois, um século correu em poucas horas
e ela se partiu em mil mulheres que se refletiam,
mas não se completavam.

MODO III

SADO

Mordeu fundo, o suficiente para matar de dor.
Mas cuidou que não sangrasse.

ANGÚSTIA

Foi quando o inverno rapidamente se alastrou pelo seu corpo.

A VALA, O FOSSO, O VÃO

No fundo ele sabe que ela sabe que ele não é
afeito ao sexo oposto. Mas quem escuta o não dito?

PROVA DE AMOR

Não se mexa. E agora pare de respirar.

ÚLTIMA CENTELHA

Os olhos amorosos cintilam azul, depois se apagam.

ABISMO 1

Antes fosse cama de pregos.
Estrada de brasa ardente.
Tapete de paineira espinhosa.
Recife que retalha a carne na salmoura.

ABISMO 2

Na beirinha, ele vacilou. E lamentou não ter asas.

MILAGRE

... e logo os cupins comeram as muletas.

REGRESSÃO

Por mais que tentasse, não conseguiu voltar ao colo materno, a não ser plantando-lhe uma semente – à força de muitos coices.

ÚLTIMA CARTADA

O homem começou a latir e a verter com a perna levantada, para ver se ela cuidava dele como cuidava do sarnento cão.

LAZARENTO

Imola-se na sexta-feira e só ressurge no terceiro dia, em tiras.

TERMINAL

De tempos em tempos, ele ousa respirar.

O PIANISTA

Sem parar varou a noite.
Os convidados se foram,
o dia estalou lá fora e ele seguiu tocando.
O corpo foi retirado na segunda-feira,
mas a música ainda reverberava no salão.

REVELAÇÃO 1

Passa a tarde procurando os
óculos, pendentes do pescoço
É uma bênção a noite chegar
e anular as sombras que habitam a casa.

REVELAÇÃO 2

Passa meio século desejando as coisas que retrata em seus memorandos. Anotando anotando: ideias, fragmentos, meias palavras, orações incompletas, períodos indiretos, grifos, equações. Depois de morto, seus manuscritos o consagram um escritor midiático, plataforma perfeita, *best-seller* único no gênero.

MODO IV

CANIBALISMO

Primeiro eu, diz o presidente enquanto
desfaz o nó da gravata e ajeita as luvas.

SAFO

As cédulas novas, ignorantes do poder que ocultam,
sapecam fundilhos e colhões.

JUS

Tarde demais se dá conta de que a guilhotina é real.

ECO

Abraçou muitas árvores para se livrar das energias negativas e até hoje se pergunta se elas sobreviveram.

URBANA

Sacudia a cabeleira ombro a ombro com
os altos edifícios que a cercavam, abrigando aves e bichos.
Mas na reforma da calçada sobrou raiz.

ESTIAGEM

No leito gretado do rio, ele arrematou:
e por isso eu fico assim, pensaroso...

PATERNIDADE

Os rapazes beberam tanto que não conseguiu distingui-los, na madrugada – explica ela ao juiz.

PRÓTESE AUDITIVA

Os fogos de artifício explodiram em minha cabeça
e estragaram o visual mais que perfeito do *réveillon*.

ADEUS AO MUNDO

Guarneceu a taça com creme de avelã, nozes trituradas, biscoitos molhados em licor, sorvete de menta e raspas de chocolate, enquanto lágrimas cascateavam cara abaixo.

ESTÁGIO 1

Emagreceu até virar um varapau que marca,
dentro do terno preto, uma marcha fúnebre.

ESTÁGIO 2

Engoliu caixas e mais caixas de chocolate
até virar uma bola que flutua, eufórica.

SURTO

Cismou de bater asas, contrariando prescrições médicas.

FARAÔNICO

Reinventou a roda, redesenhou a biga,
laçou um escravo e mandou tocar em frente.

LÓGICO

Eu prezo muito a terra — declarou o coveiro,
esvaziando a última pá de cal.

ALMAS PENADAS

Em passeata, elas reivindicam o céu.

VIUVEZ

Ela continua a ocultar as louças sujas no quarto dos fundos, para driblar as ordens do falecido, que exigia limpeza imediata.

RUGAS

Quem mandou apostar na vida?

FOI-SE

O tempo o tempo o tempo.
Ah, o tempo que não se acaba!

MODO V

DESCOBRIMENTO

Curioso que lhe sobrasse exatamente
o pedaço que nela faltava, entre pernas.

VÃ ESPERA

Quando o dia se fez, formigas levavam da mesa
as últimas migalhas da ceia prometida a ele.

PAIXÃO ACIDENTAL

Depois, foi juntar os cacos e colher o que ficara à margem. O desenho do coração, em frequência mínima, não pôde ser reparado e continuou tosco.

HIATO

Entre a manhã e a noite.
Entre o beijo e o repouso.
Entre o seu desejo e o meu.

RESSURREIÇÃO

Pela centésima vez morria naquela cama
e levantava cada vez mais disposta ao sacrifício.

DE PALHA OU SAPÊ

Ele tentou se esconder.
Mas a casa desabou ao primeiro sopro da loba.

MULHERES

Eram muitas. E nenhuma lhe disse adeus.
Desapareciam apenas, à medida que se saciavam.

LUTO 1

Começou a exalar um odor macabro,
mas ela se recusava a enterrar o homem,
crendo que seus beijos iriam ressuscitá-lo.

LUTO 2

É surpreendente vê-lo assim, depois de morto,
a repetir a mesma fala e os mesmos gestos.

EXCESSOS 1

Maritacas cruzam meu horizonte, em todas as escalas.

EXCESSOS 2

Já não quero amor ou coisa que o valha.
Nem mesmo a quinta ponta da estrela me faz falta.

EXCESSOS 3

Era tão avassalador que ela despejou tudo no papel,
sem sentir duas vezes.

EXCESSOS 4

3, 2, 1...
E então implodiu, silenciosamente.

MODO VI

ESCRITA

Os pensamentos me engolem e
depois me cospem, de vidro moída.

ONÍRICA

A tromba do elefante escapa cada vez
que ela tenta lacrar o envelope pardo.

INSÔNIA

As frases, volúveis e incompletas,
rastejam pela cama e nunca se acasalam.

CIRCUNAVEGAÇÃO

Apesar dos mares tormentosos, desaguei em águas plácidas.

ESCATOLÓGICO 1

E o carrasco diz, antes de decepar-lhe
a cabeça: belos cachos, belos cachos!

ESCATOLÓGICO 2

Que grade? Não vejo nenhuma grade –
repete o paciente carcereiro.

CRISTALINO 1

Pensando melhor, só a estreia descompassa o ensaio de hoje.

CRISTALINO 2

Terminou a limpeza da cela e, submissa,
esperou que o dia seguinte explicasse o drama.

CRISTALINO 3

Por sorte, o futuro chegou num segundo,
libertando-a de tudo que ela havia criado.

RAPA NUI

Basta atirar uma pedra na réplica diminuta
para que o desejo se reduza a pó.

VIR A SER

Reparou tarde no brilho do poente.

LÍRICA

Dia que se quer.
Noite que se faz.
Tarde que assombra.
E morcegos a cortar o céu, rente à madrugada.

MODO VII

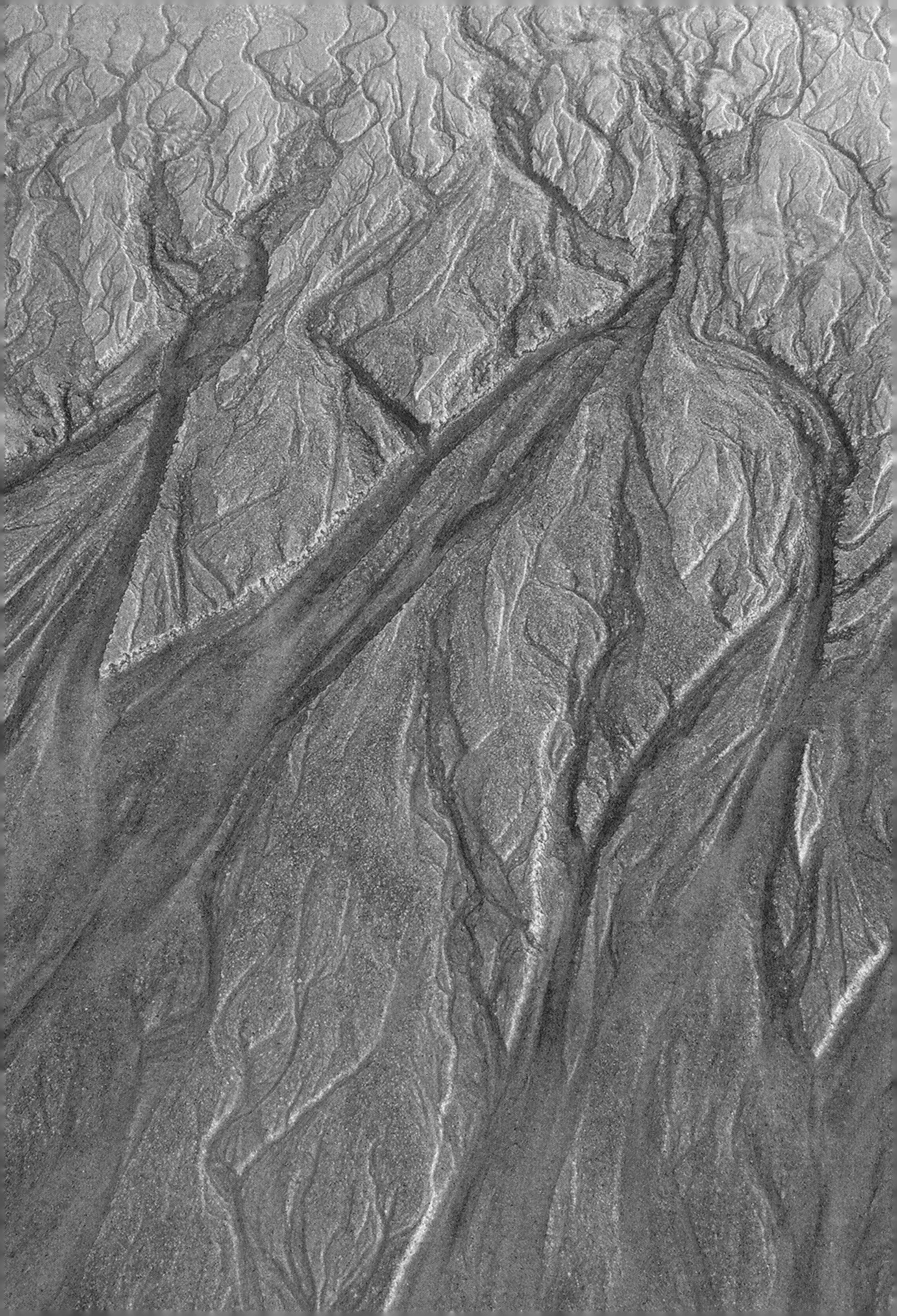

ENIGMA 1

Frente ao deserto, dois camelos vigiam a fenda da montanha.

ENIGMA 2

Quando um dos camelos gira ao contrário,
as palavras ficam rubras e lerdas.

Poslúdico

VERSUS LIVRO

Não, não tenha medo do fim. A corda jaz por mais de um fio.

Títulos das fotografias

AGRADECIMENTOS

Aos amigos Betto e Dagmar Braga,
pela leitura crítica.

Escrito no segundo semestre de 2011, *Nanocontos*
só agora ganha roupagem própria, graças ao
envolvimento dos amigos Rubem Filho, Miguel Aun
e dos próprios editores da Quixote+Do.

Esta obra foi composta em Eurostyle Roman 11/16,
Euromode 11/16 e Gobold High, e impressa
sobre papel pólen bold 90 g/m²,
pela Artes Gráficas Formato, para a
Quixote+Do Editoras Associadas.

MISTO
Papel proveniente de fontes responsáveis
FSC® C092828
FSC www.fsc.org

PRINTED WITH SOY INK®